艺术设计专业手绘POP系列丛书

——国家商业美工师资格考试商业类命题教材

手绘POP
创意标题应用

王少华　编著

北京大学出版社
PEKING UNIVERSITY PRESS

内 容 简 介

本书是国家商业美工师资格考试商业类命题教材，由作者根据多年来的实践POP创意设计和教学中积累的经验，精心编写而成。本书系统介绍了手绘POP标题创意的基本理论、应用及手绘POP标题创意设计的表现技法，使学生能够根据具体的案例快速地应用到实际的工作中去，让学生学而有用，学而能用。本书包括一笔成型的字体创意标题应用、斩刀体为主的字体韵律标题应用、胖胖字体为主的分割与组合、木纹字体为主的创意字体组合、皮球字体为主的创意字体组合及国家商业美工师资格考试优秀试卷汇编六篇内容。

本书既可作为高等学校设计专业和初学者的一本教科书，又可作为从事商业手绘POP设计从业人员的一本参考用书和工具书。

图书在版编目(CIP)数据

手绘POP创意标题应用/王少华编著.—北京：北京大学出版社，2010.1
(艺术设计专业手绘POP系列丛书)
ISBN 978-7-301-16056-5

Ⅰ.手⋯ Ⅱ.王⋯ Ⅲ.广告—美术字—设计—教材 Ⅳ.J524.3

中国版本图书馆CIP数据核字(2009)第197724号

书 名：手绘POP创意标题应用	
著作责任者：王少华 编著	
责 任 编 辑：孙 明	
标 准 书 号：ISBN 978-7-301-16056-5/J·0266	
出 版 者：北京大学出版社	
地 址：北京市海淀区成府路205号 100871	
网 址：http://www.pup.cn http://www.pup6.com	
电 话：邮购部62752015 发行部62750672 编辑部62750667 出版部62754962	
电 子 邮 箱：pup_6@163.com	
印 刷 者：北京大学印刷厂	
发 行 者：北京大学出版社	
经 销 者：新华书店	
787 mm×1092 mm 16开本 8.25印张 191千字	
2010年1月第1版 2010年1月第1次印刷	
定 价：48.00元	

艺术走向生活

闻立鹏

中国油画学会副主席、著名油画家
为本书题词

艺术装点生活

范迪安

中央美术学院副院长、著名美术评论家
为本书题词

首中国手绘波普系列丛书出版

甲申年冬月中旬于北京赵贵

時代

藝術篤隨

原中国美术家协会秘书长、著名国画家
为本书题词

展示商业文化

推动企业发展

中华人民共和国文化部中国文化管理学会会长
为本书题词

推动中国POP事业发展
全面进行POP理论研究
专业手绘POP全国巡展
倾心打造POP连锁营销

中国台湾《企业家》杂志社社长
为本书题词

Aili und Josef grüßen ihren Freund
Wang Shao Hua und beglückwünschen
ihn und seine Frau zur bevorstehenden
Geburt ihres erwünschten Kindes.

Eure Freunde
Aili und Josef

奥地利少华POP分校负责人
为本书题词

艺术源于生活 美化生活

中华人民共和国公安部根雕艺术家为本书题词

国家资格考证河南省考点部分学生与领导合影

国家资格考证考前命题讲座

2005年海龙杯首届IT手绘POP大赛开幕式嘉宾合影

本书作者现场示范作品

本书作者与奥地利负责人合影

本书作者与日本中川伟和南会长合作合影

日本公司企业内训结业合影

2008年暑期考前命题讲座

湖北武昌教学区培训基地师生合影

就业前强化训练

中国联通河南店长级别市场内训讲座

本书作者在中国联通公司现场示范作品

序　言

POP（Point of Purchase）广告，又称店内张贴海报，它通过色彩、图案、文字等手段，快速地向消费者传播不同商品之间的差异，从而突出商品的特征和优点，是直接面向店内顾客传播信息的"小众媒体"，能起到很好的宣传作用，是促进商品销售的广告之一。

POP自1993年进入中国市场以来，以其对比鲜明的色彩、灵活多变的造型、幽默夸张的图案、准确生动的语言，很快得到了市场的认可。在超市、卖场购物时人们所看到的门前促销展牌、展架、海报，店堂内的价格牌等广告，都是通过手绘POP方式进行展现而吸引消费者的。手绘POP广告所营造的强烈热销氛围不仅能够吸引消费者的视线，而且能刺激消费者的购买冲动，这种独特的促销手段，逐渐成为厂商在各大媒体对企业或产品宣传的又一补充，从而令消费者对其商品印象深刻，最终促成购买行动，因此也很快得到了厂商和企业的肯定，同时，市场对POP手绘商业美工人才的需求量也随之急剧增加。

商业意识孕育了手绘POP，手绘POP结合了人文艺术，成为一种专门艺术。从专业角度讲，它已是一门学科。国家人力资源和社会保障部认证的国家商业美工师职业资格已将手绘POP作为主要考试项目，现在有不少高校也开始开设相关课程。

诉求与定位

在商业类市场POP命题考试中，提到POP的诉求点和定位的确切含义是什么时，很多读者往往莫衷一是，认为诉求就是定位，定位就是诉求。其实，诉求是指站在消费者的立场上，理解商品的属性和消费群体的导向，而在此基础上美工师可以根据价格差和产地的不同进行消费人群锁定，此即为定位。二者是站在不同的角度上来看待同一个问题，POP美工师创作的POP作品是二者的一个桥梁。定位是美工师在诉求的基础上，经过观察市场，了解商圈及消费周期后作出的判断。

感性POP特点

感性就是消费心理的消费感觉，是瞬间因消费刺激产生消费冲动从而做出的一系列进行购买及消费的心理反应。在POP中，感性定位主要包括以品名及品牌为主导的主标题感性定位，以诱导进行话语引导的广告语定位，在节假日等促销打折产生的以价格波动为主导的感性定位，以时尚流行及"另类"而进行的插图感性定位，还有商家为进一步宣传本公司商品而进行的商品边框印刷免费赠送空白POP的边框感性定位等。

理性POP定位特点

理性是感性活动吸引消费者因消费刺激而产生兴奋及购买冲动的同时对商品的更进一步关注。理性定位更偏重于对企业品牌及形象的知名度认可。一笔成形POP字体、斩刀体、胖胖字、卡通字都是在感性的基础上，更趋于对商品的特征进行实事求是宣传的一系列活动，从而促进交易的达成。

韵律为主的POP定位

韵律为主表现在主标题的版式变化，正文也因随商品的特点而作出的字体创意。它的特点是增强商品和消费者的亲和力，缩小二者间的距离感，从而增强消费者的购买欲。

POP骨架构成

在POP海报商业应用中，POP骨架构成就是POP的六大构成部分。而在六大构成部分中，标题的大小、版式的合理布局、色彩的前进与后退、画面空间的组织和分割是在熟练掌握的基础上，进一步完善和提高的阶段，为最后营销卖场定位、业绩的提高建起一座POP的桥梁。

综合类

在以上的应用基础上，综合类所展示的艺术表现风格和特点是多样化的，更有助于读者去琢磨和演练。它是前面章节的升华，也是对由艺术到商业、由商业转向艺术的有力推动。

相信大家必定会临有所得，摹有所悟！

前　言

　　本书主要是针对行业特色的标题创意进行讲解，从而培养学生的动手能力和创意思维。随着个性店、时尚店的出现，其手绘POP创意设计急需一些属于个性文化特色符号的字体，来满足其营销需求。本书就是具有商业市场文化与艺术字体文化的特色的一本教科书。

　　标题创意技法的特点是将个性的艺术文化运用于字体的设计之上。个性源于思维，不同的思维必定有不同的创意理念。所以，丰富的艺术思维理念将会增强创新设计的能力。本书中的作品在手绘POP标题创意的技法上，以几十种常规变化为基础，构成变化为书写根本。让学生在掌握基础的前提下，有一个参考依据，设计变化出适合行业商品促销需求的POP字体是作者的真实心愿。

　　随着市场经济的逐步放开，在专卖店、连锁店及不同休闲购物的品牌化市场布局的前提下，POP创意的标题应用，应该符合商业需求，百花齐放。

王少华

2009年12月14日于北京

目录

 创意标题应用

第一篇 一笔成形的字体创意标题应用

概 述

　　一笔成形的标题创意表现形式主要是以运笔方位的偏移变化为基本原理，来训练学生举一反三的创意能力。以字体的冷暖搭配与背景衬托为依据，让学生在有规律可循的基础上，进行创意设计。

1. 版式为主的应用

● 色相对比为主的版式

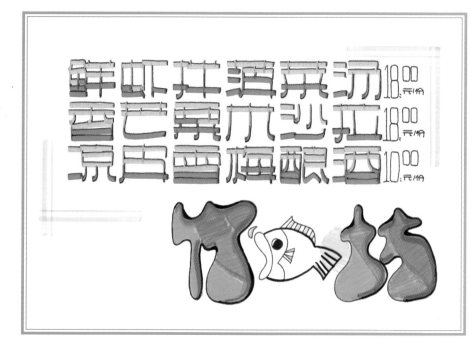

● "字"生"图"为主的创意应用

● 冷暖分割为主的版式

● 衬托分割为主的版式

● 节奏为主的版式

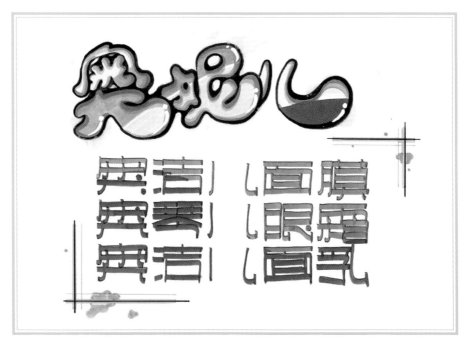

● 同色调分割与冷调衬托应用

● 偏移为主的版式

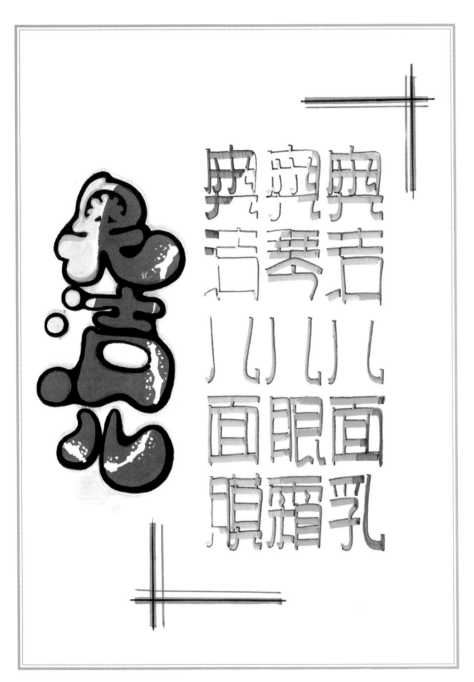

● 强对比的分割装饰

2. 重心偏移的应用

● 左移右下移，线曲装饰

● 重心左移，点线背景装饰

● 左上移、右上移，线面背景装饰

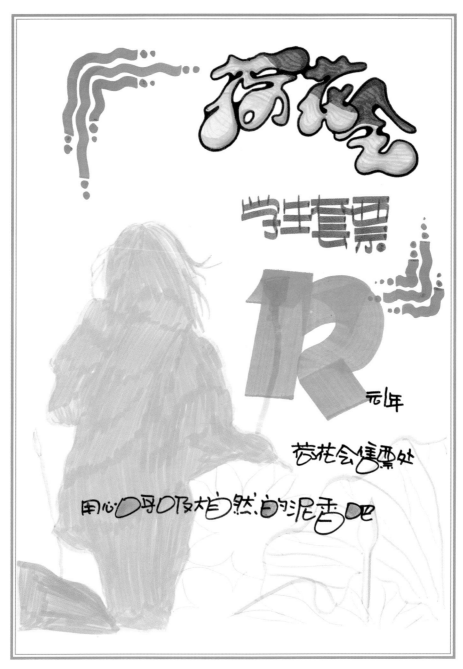

荷花会

学生套票

12 元年

荷花会售票处

用心呼吸大自然的泥香吧

● 强对比分割

● 上移下移，点线背景装饰

3. 冷暖为主的应用

● 暖色的衬托处理

● 单个冷暖的节奏变化

● 层次分割式的冷暖变化

4. 装饰为主的应用

● 正上方构图，线装饰上移

● 面的背景装饰

● 点的背景装饰

● 左上、下移，点背景装饰

第二篇 斩刀体为主的字体韵律标题应用

概 述

　　在手绘POP作品中，斩刀体字是由卡通字体的演变而来的，通过卡通字的重心偏移等技法的运用来进行绘画。本章在注重培养学生掌握字体结构及版式布局的同时，训练学生对标题字的结构、布局、重心、色块冷暖和均衡搭配的混合运用。本章所讲述的知识也是学生掌握字体布局变化技巧与实践训练的最基本的训练课。

1. 韵律为主的创意

● 冷灰为主价格定位

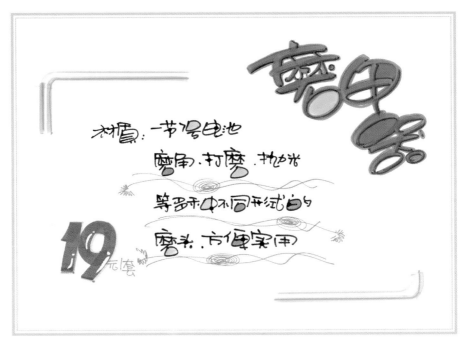

● 韵律色块的装饰

● 韵律的错位处理

● 韵律的冷色衬托

● 韵律对比衬托

● 韵律衬托处理

● 韵律的重心处理

2. 节奏为主的创意

● 节奏的填充应用

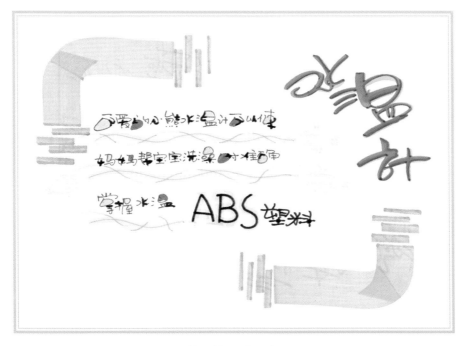

● 节奏的色块正文装饰

● 错位的正文应用

● 错位节奏

● 冷色节奏处理

衬托与色块

● 节奏的灰处理

3.　色块分割的创意

●　冷收缩暖扩张大小填充

● 冷暖色块分割的填充

● 无彩色的暖色应用

● 不同色调的填充

色块填充与装饰

● 同色系填充

● POP字体的填充处理

● 节奏与填充

● 节奏主笔处理

● 不同色彩的背景衬托

● 冷暖分割填充

● 冷暖的大小分割填充

● 点的背景色块分割

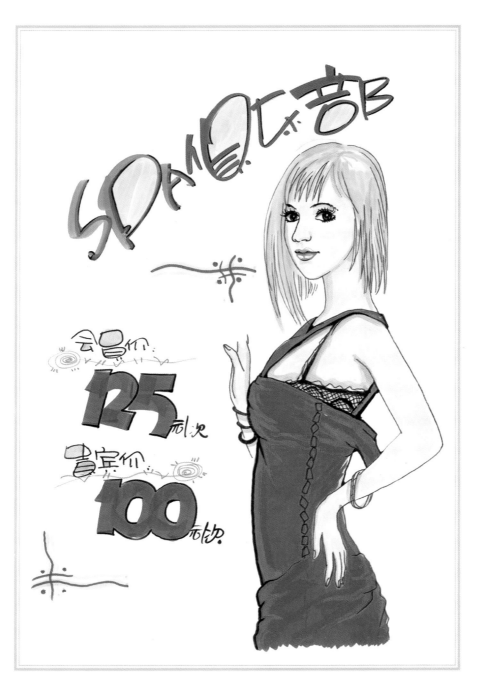

● 填充与装饰

● 点线面字体色块分割

线面背影分割装饰

● 冷色的填充与面积对比

● 错位的背影冷暖分割

第三篇 胖胖字体为主的分割与组合

概 述

在手绘POP作品中，胖胖字的应用具有很强的时代感和应用性。但在实际的教学中，学生往往只会简单地对字体进行变化，而没有将胖胖字的精髓融于设计创作当中。为此，本章将通过独体字、合成字的基本结构和框架的外部形态的变化，来让学生在理解胖胖字创作技法的基础上，进行联想与创作。

1. 圆形胖胖字

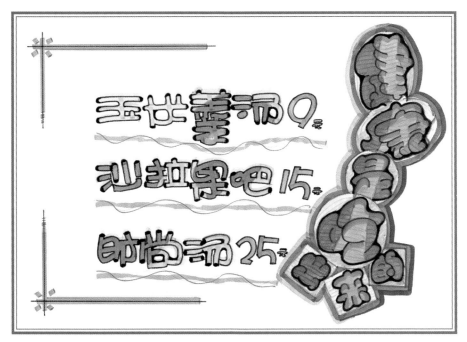

● 圆型叠加胖胖字

● 价格诉求圆型胖胖字

● 相切、相离的胖胖字

● 冷暖的大小分割填充

2. 半圆形胖胖字

● 方型装饰式的胖胖字

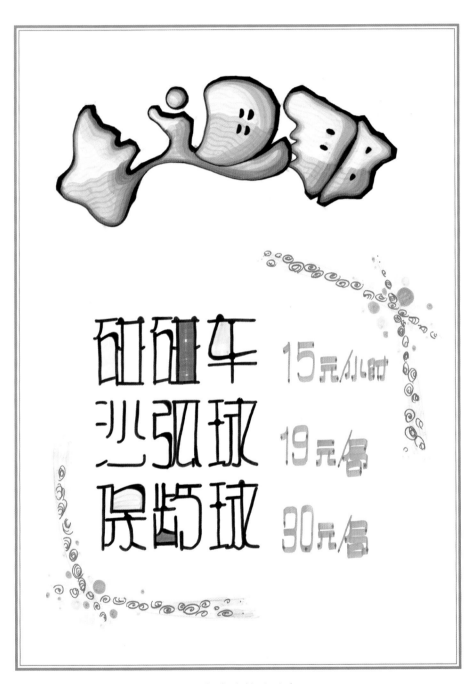

● 渐变式的胖胖字

● 标题的破坏组合处理

● 广告语为主的胖胖字

● 价格直观诉求

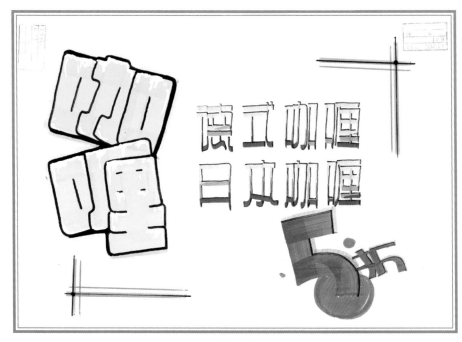

● 价格应用

● 呼应式的组合

● 斩刀字和胖胖字的组合

商业美工师
策划美工师
企划美工师
现招面取位

7

JYC

● 方型胖胖字的韵律叠加

设计部总经理
手绘商业美工师
动画造型师
商品陈列师
展示造型师

● 笔划的叠加与组合

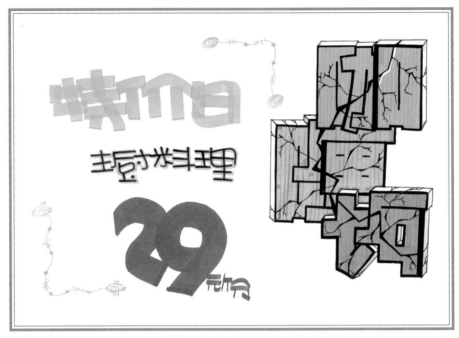

● 方形为主的胖胖字（破坏与分割）

3. 韵律形胖胖字

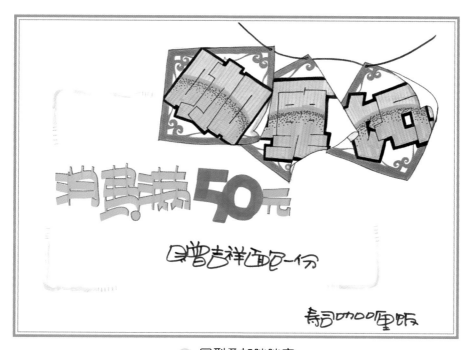

● 圆型叠加胖胖字

第四篇 木纹字体为主的创意字体组合

手绘
POP

概述

　　本章通过木纹字体的讲解来培养学生在设计的过程中灵活地运用行业用色和素描造型能力，学生在合理地借鉴与运用本章中的绘画技巧的基础上提高绘画者的绘画水平。本章中收集了大量的实际生活中的成功案例，通过木纹字的创意与联想，能够使学生在创作的过程中合理、自如地运用插图定位表现技法。本章的诸多作品看上去显得似乎很幼稚，不过那都是收集学生的初始作品，从创意上都是发自学生内心的联想与创作。

1. 方木字版式的应用

● 特殊木纹的表现方法

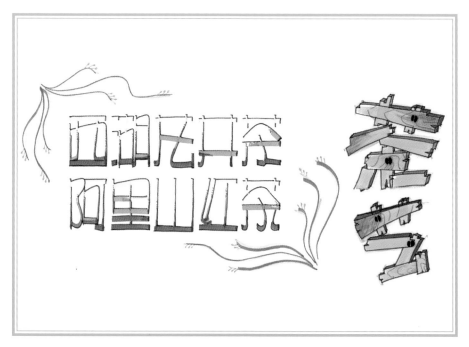

● 木纹的质感深浅表现处理

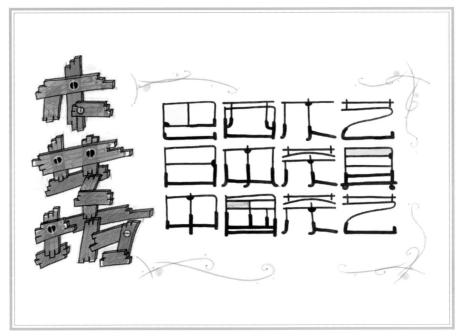

● 左边版式与银笔穿插组合

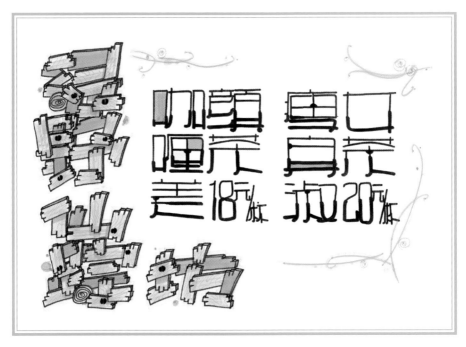

● 冷色调木纹的表现技法

● 紫色木头叠加式的表现技法

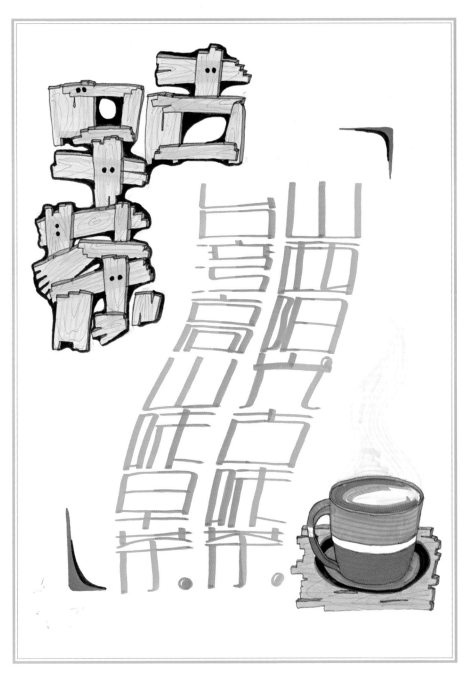

● 冷暖的分割对比

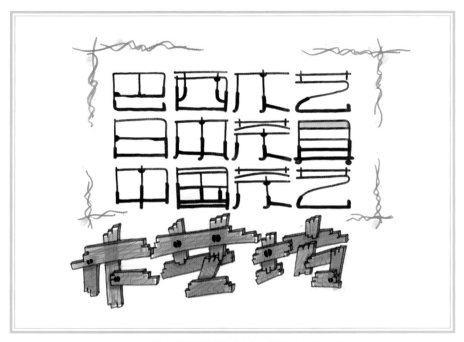

● 不同木质的表现方法（正下方构图）

● 不同色系的对比

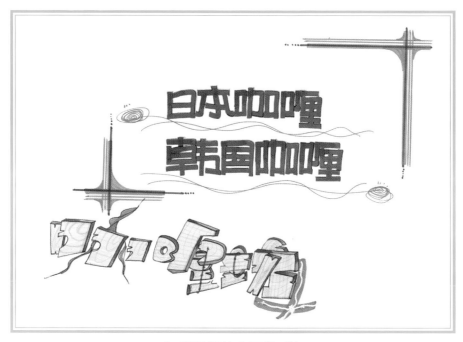

● 暖色调的大面积对比

● 冷调的渐变对比

● "字"生"图"的变化应用

● 对称分割版式变化

银色笔在木纹上的钉子效果

2. 方圆形版式的应用

● 互补性的边框与标题组合

● 点的衬托装饰

● 综合字体混合应用

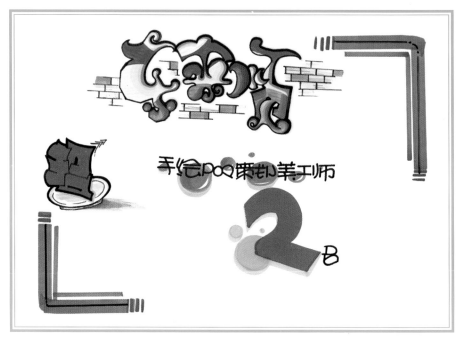

● 装饰式的标题衬托

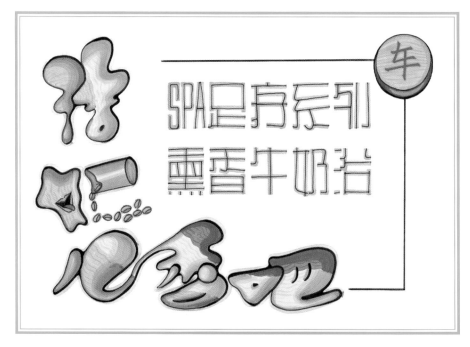

● 标题字的变化

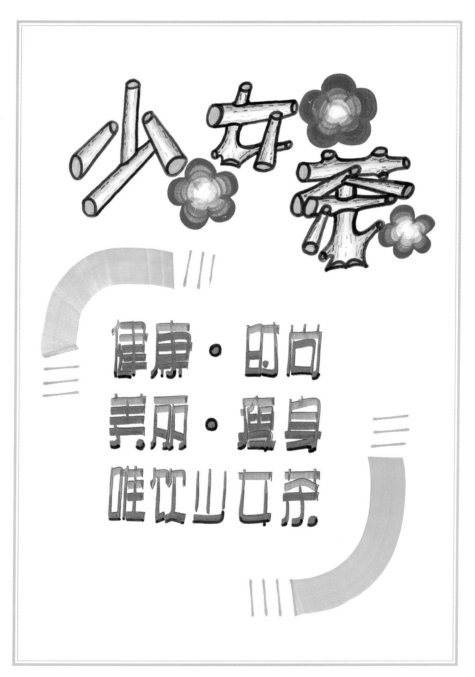

● 叠加与穿插组合

● 价格为主的插图互补

● 图的联想

● 对话式版式应用

● 标题的联想

3. 综合木纹字体版式的变化

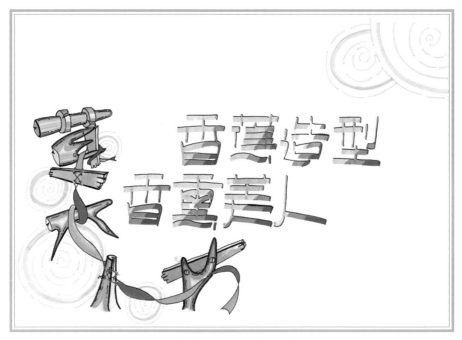

● 综合纹理的混合搭配

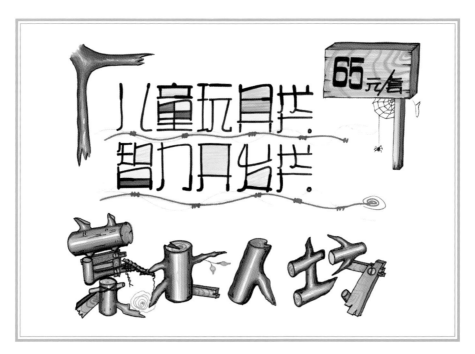

● 渐度推移的质感表现

　　● "字"生"图"木纹的穿插运用

第五篇 皮球字体为主的
创意字体组合

概述

顾名思义，皮球字就是以类似皮球的圆形作为字体的创作依据进行创作。其中，圆是变化的根本，弧是变化的主旨，只有掌握了这些变化的原理，才能根据具体的行业需求，进行有目的的借鉴和引用，从而在创作的过程中设计出更为符合市场定位的作品。

1. 左上半弧创意案例

● 动态眼神为主的从价格诉求

● 左上半弧的相切与相离

● 左上半弧为主的插图定位

● 左上半弧叠加应用

2. 右上半弧创意案例

● 互补为主强对比右上半弧构成POP

● 价格为主的三角弧构图

● 冷灰调为主的广告语字体

● 冷暖调的标题诉求

● 填充装饰标题诉求

● "字"生"图"的标题诉求

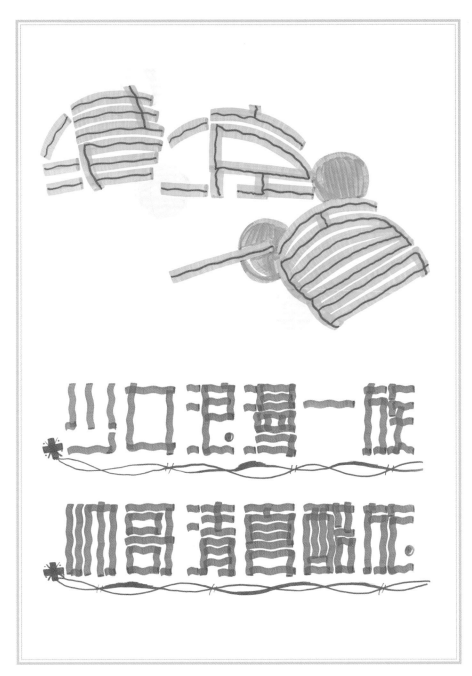

● 衬托类的标题定位

3. 左下半弧创意案例

● 左下弧的冷调对比价格诉求

● 相离为主的左下方弧皮球字

● 相离为主的左下弧皮球字

4. 右下半弧创意案例

● 叠加右下半弧的皮球字

● 价格定位的右下相离皮球字

● 重叠的皮球字价格诉求

● 相切的皮球字

5. 上半弧创意案例

● 点的背景装饰

● 不同色调的韵律组合应用

● 冷暖强对比价格定位

● 错位对比

6. 下半弧创意案例

● 视觉引导式的插图诉求

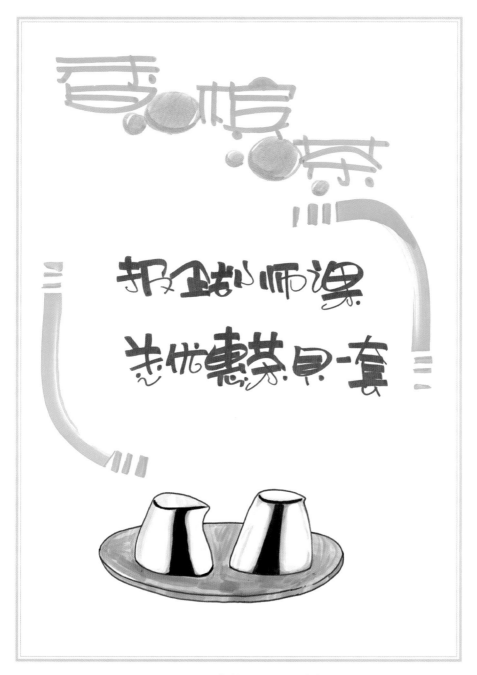

● 插图为主的下半弧皮球字

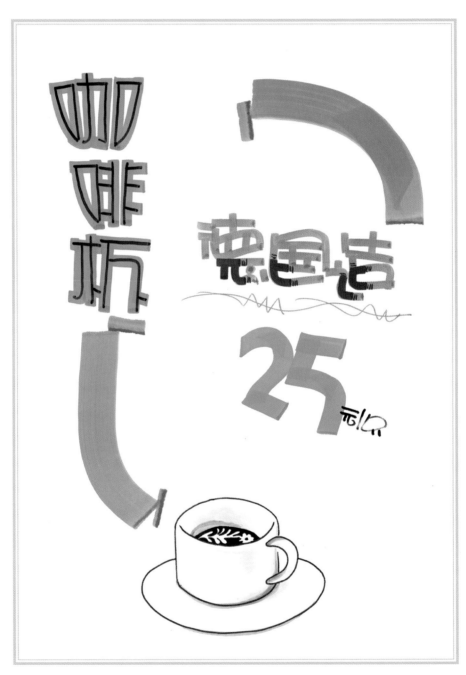

● 价格为主的下半弧皮球字

● 对称式的下半弧皮球字

7. 圆形为主的皮球字欣赏

● 皮球字的变化与组合

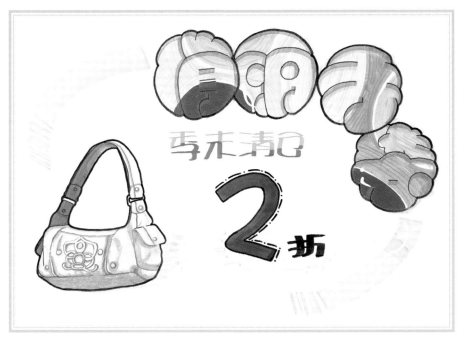

● 写实与装饰衬托

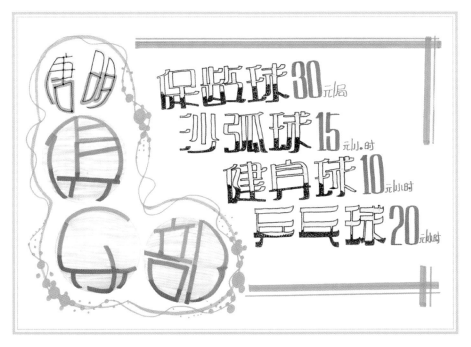

● 多角度应用皮球字

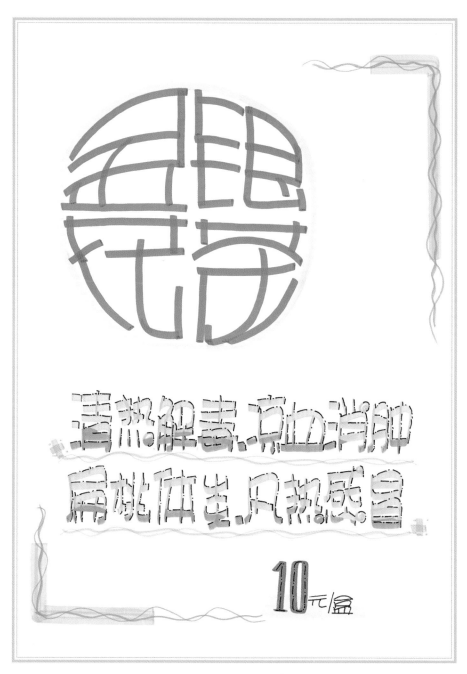

● 标题的分割与组合

● 冷暖对比的多角度变化

● 商业诉求类POP

● 多角度不同方位的皮球变化及应用

● 对比衬托类的应用

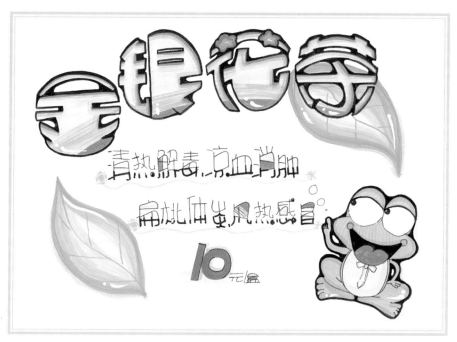

标题的装饰与衬托

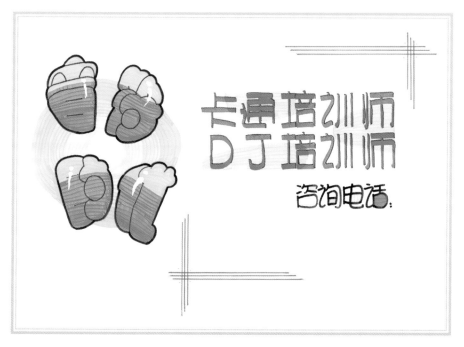

相对与相背的标题变化

● 以图为主的字生图变化

第六篇 国家商业美工师资格
考试优秀试卷汇编

概 述

　　本章所选的部分试卷为非艺术生和实际市场导购考证的优秀作品。在艺术与商业交叉表达应用时，把实用艺术与商业二者综合比较来看，本章所列的作品艺术的高度略浓一些。既然非艺术生也能创作出这么优秀的作品，相信同学们学完本书同样也能够创作出同样优秀的设计作品。希望本章所列的作品可起到抛砖引玉的作用，能够带给同学们启示和启迪，从而激发同学们的创作灵感。

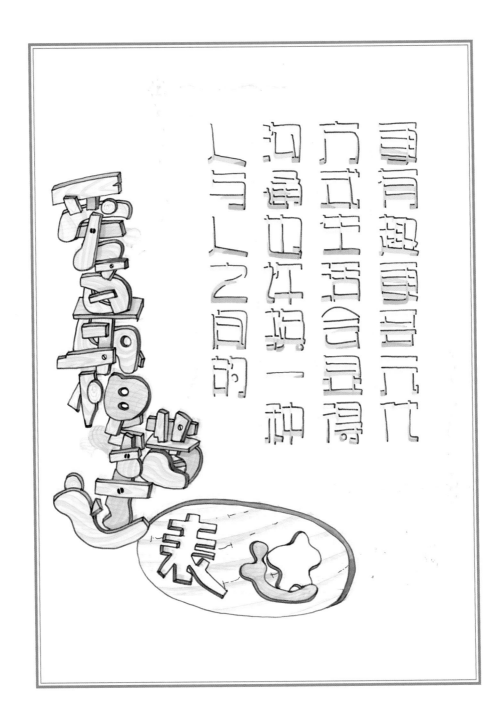

让生活更有趣的事物往往产生方式往往会显得妙趣横生，这无疑是妙趣中独特的一种与众不同的

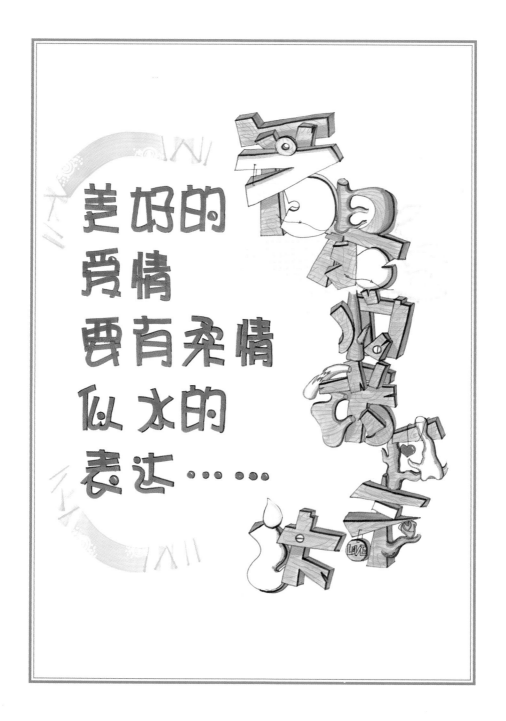

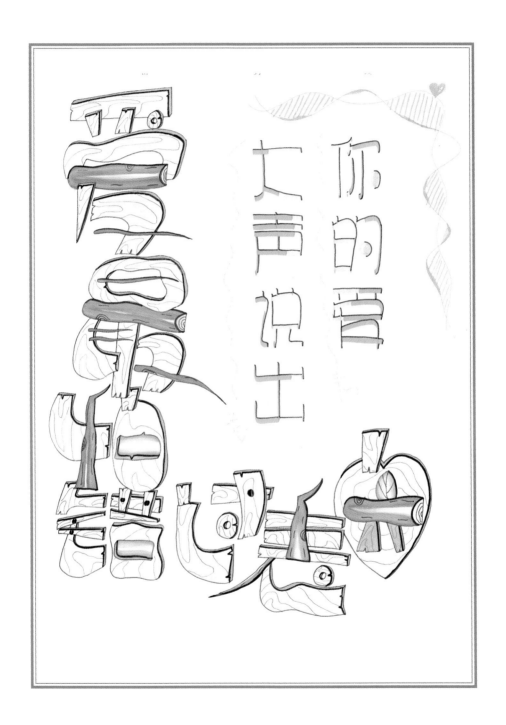

密 封 线

大爱无限

母爱无言

爱是相会过生养止

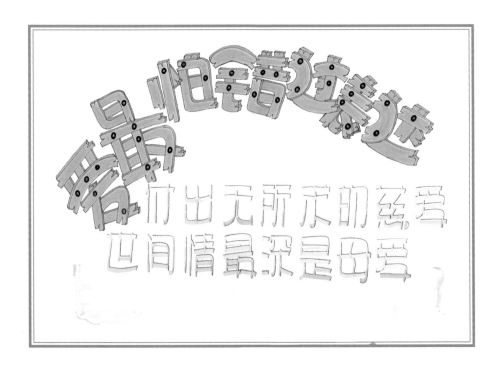

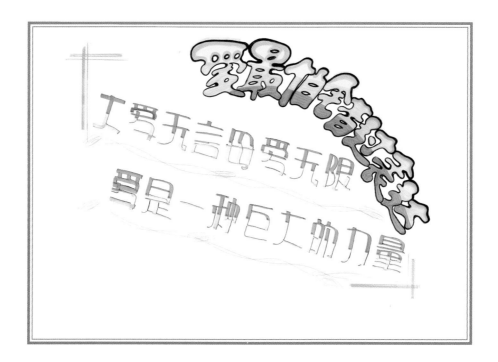

编 后 语

北京"少华跑跑"POP培训机构历经十余年的全国布局及市场推广，真应了古语中"十年磨一剑"的人生格言。回顾这十余年的市场磨合，我一直在思考一个问题——什么样的POP书籍才是市场所需要的，才能大众化普及，能促进就业才是美工师所喜爱的？作为临时受命的首席专家（任命式）、国内POP第一人（北京晚报整版报道，2005年4月26日，北京晚报人才版领导对我8年POP推广、安置学生就业给出的评价），我甚感惶恐。在这段时间内，我和国家级POP专家考试委员会（2007年6月成立）的一批专家（在这个圈子里已经滚打磨合近三十年的几位同仁志士，论年龄、资历、市场经验定位，他/她们都是我的老师）都在为了这个自己热爱的事业和职业而奋斗。为促进POP的健康发展，便于POP流派的甄选，特别成立了国家级POP专家考试委员会，并将"少华跑跑"的POP风格作为基本的市场应试标准。

2005年开始，国家对手绘POP美工师进行资格考试，并以商业和艺术两种风格作为评判标准。

1．商业标准

规范，易读易认，字体美观大方，色彩符合时令，商品色彩应用有规律可循为前提，人群定位明确（感性定位），版式符合视觉阅读顺序（理性诉求），并促进商品销售。

2．艺术标准

字体要求： 除符合商业标准外，还要在字体的结构，造型，重心，韵律及美感上，有审美变化特征和规律可循。

色彩要求： 主要以色彩学（日本），色彩心理学等为评判依据。

版式要求： 学生能否在几大版式的基础上，有举一反三的对同一幅作品产生四百多种变化类型的熟练技巧，并灵活运用。

定位要求： 在创作POP定位海报前，要求学生主要以卖方和买方双重标准进行不同定位，应用创作和消费人群诉求准确定位。在定位人群和商品的角色互换地创作POP选题时，能够换位思考，一针见血地抓住感性和理性的创作点。

时间要求： 艺术作品必须要在3小时内完成并达到创作要求，在3小时之内必须完成一幅实用性POP定位作品。

"少华跑跑"全国连锁都以艺术标准加上商业标准的双向标准进行评判，并综合市场需求现状，编著了这套适合市场的商业类手绘POP定位案例教材，这套教材除了作为POP考试评判标准用书外，在内容上还将不同风格和格调的作品奉献给读者。这套书是展示市场评判标准的考试教材，但在内容上我决不会用一种强加于市场及爱好者的权威式呈现给同行志士，而是将不同风格定位POP作品和另类的反季节呈现给大家。相信在许多实用性的规范案例中，绝对有大家喜欢的、喜爱的。

虽然说有的作品像儿童涂鸦，但要看张贴的场所和创作的对象及其创作的意图。不同年龄段的作品适合不同年龄人群；不同场所有不同的创作风格；不同行业有不同的人群定位需求。这就是我不能以一种字体和风格去强制大家来适应和推广的原因。

这套书历时近九年，书中作品是诸多学生在"少华跑跑"课程的基础上，以市场实用性为准进行创作的。其中，包括原作的复制品、临摹品、拍照作品。虽然不是我理想中的标准，但它们在市场上确实创造了销售业绩。"老板喜欢，消费者认可"，这就是我编本套书的目的。在本套书中，相信其中绝对有一幅风格和版式是你喜欢的。

手绘POP营销定位为大学生爱好与就业，乃至创业等提供了一套科学的POP营销理论平台，是得到市场认可和论证的理论依据和借鉴范本；是艺术和商业的完美互动；是为美术人才提供的又一发展方向与营销思路；是高校未来的大学生爱好与就业营销发展方向与艺术人才进入市场的最佳切入点。

付梓之际，要特别感激我的弟弟——郭德超，他在北京电影学院动画学院上学期间以及至今在北京电视台工作期间，利用业余时间给作品扫描、修图、整理，为这套书的编写提供了极大帮助。同时，要感谢这套书编写过程中给予指导的诸位领导和老师及单位：

中央电视台李雪莲女士

台湾凤妃堂总裁林俊鹏先生

美国麦格罗希尔CEO范文仪教授

日本JVC总裁原口健治、张英然先生

北京蟹岛国际集团总经理张胜东先生

新感觉外企集团CEO邹悦先生

中国文化管理学会学长汪建德先生

北京少华跑跑中原六省CEO肖凤仙女士

北京少华跑跑电脑培训中心负责人王跃先生

北京少华跑跑影视化妆外企培训中心负责人孟成先生

河南黄淮学院秦高峰先生

河南商业高等专科学校艺术系

河南牧专高等专科学校朴可、张鹏先生

河南工业大学艺术设计学院

武汉大学王东先生

武汉市第一专科学校王建华主任（工艺美术系）

这套书编撰人员还有蔡华国、王妍、侯春艳、王子吟、金燕、侯启月、郑佳、云素民、郭德超、王芳、王建华、王玥、卜美珍、朱娜、兰燕、肖凤仙、赵海铃、岳俊禹、郭建叶、王守阳、黄桃玲、李红、王茹、张苏、王跃、姚文、高学军、田伟辉、张萍、李娟娟、巩云芳、马燕群、兰平、王万里、李永娟、张亚楠、王庆楠、姜莲、郭婉君、伊中才等。

这套书在策划过程中，六大教学区的负责人为这套书提供了很多优秀的习作，以供征选，在此表示真诚的感谢！他们是：

郑州二七教学区　肖老师

金水教学区　郑老师

洛阳教学区　侯老师

南阳教学区　王老师

驻马店教学区　焦老师

平顶山教学区　吴老师

王少华

2009年12月2日

120

艺术设计专业 手绘POP 系列丛书

《**手绘POP人物技术基础**》是学习手绘POP的入门教材之一，为学生在实际工作中的创作提供了一些实用销售的定位作品；是从艺术到商业市场化、职业化的POP定位构成的入门书籍。

《**手绘POP美女定位**》是手绘POP人物技术基础方面的营销定位教材，在以人为导向的消费理念中，人物插图（美女）的商业价值也就很好地在本书中得以体现；也是动画原创造型的入门教材。

《**手绘POP标题定位**》是列于美女定位之后的手绘POP创作的专业教材，又是从艺术到商业市场化的过渡的入门教材。

《**手绘POP人物插图**》通过插图和标题在POP版面中的位置关系，来讲解不同行业的手绘POP作品的插图和标题是如何应用与变化的。本书是对美女定位和标题定位的补充与进一步的讲解。

《**手绘POP创意标题应用**》插图与标题二者是相互协调和对比的关系，在创意标题应用中，只有在插图与标题之间的强调与弱化的创作方式中，才能做好二者的空间诉求差，才能更好地进行商业展示。

《**手绘POP价格字体设计**》价格定位是列于插图和标题之后的大众化市场营销定位，是容易产生审美疲劳的感性营销策略，是理性标题和插图定位的前奏。

《**手绘POP字库**》在强调手绘POP（感性和理性）实用性和艺术性的同时，如何写好汉字和掌握其变化规律，是创作手绘POP的前提，而本书是对前六本书的结构和布局所存在不足的弥补。

《**商业美工师手绘POP案例教程**》在对POP定位构成因素了解后，又为学生提供了一个具体的实战案例素材。是市场实践的演练；是学生在走入实际工作时找准创作定位的教材。

《**商业策划美工师手绘POP案例教程**》学生在对以上几本书的内容掌握和演练的前提下，可对比商业定位案例，学会商业定位的案例教材，从而提高学生的策划活动能力。

《**商业企划美工师手绘POP案例教程**》在对商品定位活动的策划熟练掌握之后，学会如何使企业的商品市场更加规范化的扩张和复制的指导教材；是由美工师、策划主管到企划总监的逐步规划和提升自我的过程，也是由案例的策划定位到自我人生价值的策划和定位的案例教程。